Au secours, Nitou !

Pour tous les p'tits Indiens
qui savent aider ceux qui en ont besoin.
M. Cantin

Pour Poun et Tof,
les pieds dans la neige de l'Aigoual.
S. Pelon

Les mots du texte suivis du signe * sont expliqués sur le rabat de couverture.

www.editions.flammarion.com

87, quai Panhard et Levassor – 75647 Paris Cedex 13
Dépôt légal : février 2008 – ISBN : 978-2-0812-0758-5
Loi n°49-956 du 16 juillet 1949 sur les publications destinées à la jeunesse

Marc Cantin

Sébastien Pelon

Au secours, Nitou !

CASTOR POCHE Flammarion

Chapitre 1

Kalou

Le froid est arrivé.

Les premiers flocons s'accrochent aux branches des sapins et, peu à peu, la forêt se recouvre de neige. Tout devient blanc.

Il est temps pour Maman ourse et son ourson Kalou de rejoindre leur caverne. Dans leur grotte profonde, ils pourront dormir pendant l'hiver.

Maman bâille déjà. Elle se roule en boule, sans oublier de laisser une petite place douillette*, entre ses pattes, à son ourson.

– Oh, non ! Je n'ai pas sommeil ! proteste ce dernier.

– Pas de discussion, gronde sa maman. Viens dormir !

Pour ne pas se faire disputer, Kalou fait semblant d'obéir. Il se couche sagement… mais il garde les yeux entrouverts.

Cinq minutes plus tard, sa maman ronfle comme une machine à vapeur ! Alors, doucement, tout doucement, Kalou se relève. Sur la pointe des pattes, il se dirige vers l'entrée de la caverne, les yeux ronds en découvrant ce paysage tout blanc…

Plutôt que de se coucher près de sa mère, l'ourson Kalou s'échappe et part à l'aventure.

Chapitre 2

Des empreintes dans la neige

– Nitou ! Viens ! Il va bientôt faire nuit ! appelle Fati. Il faut rentrer.

Dès les premiers flocons, les jeunes Indiens ont décidé de construire un totem de neige, près de la forêt.

Mais en hiver, la nuit tombe de bonne heure, et il est temps de rentrer.

Fati et Nawo sont déjà prêts.

– J'arrive ! dit Nitou. Attendez-moi !

À la lisière* de la forêt, Nitou pousse une dernière grosse boule de neige. Il veut absolument terminer le totem avant de partir. Mais soudain, au lieu de se dépêcher, il s'arrête.
– Hééé ! crie-t-il. Il y a des empreintes par ici !
– Cesse d'inventer des histoires, soupire Fati. Il faut s'en aller. Les parents vont nous disputer si nous arrivons en retard.
– Et demain, ajoute Nawo, nous n'aurons pas le droit de quitter le camp.
– Ce sont des traces d'ourson, insiste Nitou, à quatre pattes dans la neige. Ce n'est pas normal, il devrait dormir… Il a peut-être besoin d'aide.

Fati et Nawo hésitent à partir et à abandonner leur ami. Ils préfèreraient que Nitou rentre avec eux.

– Ne vous occupez pas de lui, lance alors une voix. Ce froussard vous rejoindra en courant dès que vous vous serez éloignés.

Chogan surgit de derrière un arbre. Il espionnait Nitou et ses amis en prévision d'un mauvais tour.

– Je n'ai pas peur de rester seul, affirme Nitou. Et puis, ne te mêle pas de nos affaires !

– Ha ! Ha ! Tu trembles déjà ! se moque Chogan. Eh ! vous autres, rentrez avec moi au camp, laissez donc cette poule mouillée.

– Ne l'écoutez pas ! enrage Nitou. Il faut suivre cette piste !

Hélas, Fati et Nawo décident de repartir en direction des tipis, avec Chogan. Ils n'ont pas envie de se faire punir et ils sont persuadés que Nitou ne tardera pas à les suivre. Seulement, le jeune Indien est fier et très têtu.

– C'est ça ! leur lance-t-il. Laissez-moi tranquille !

Pendant que ses amis s'éloignent, Nitou, lui, s'enfonce dans la forêt. Les traces de l'ourson se dessinent parfaitement dans la neige. L'animal est passé ici il y a peu de temps. Nitou est convaincu qu'il le rejoindra très vite et qu'il pourra rentrer avant la nuit...

Tandis que Fati et Nawo rentrent au village avant la nuit, Nitou se lance sur les traces de l'ourson.

Chapitre 3

Un ourson... appétissant !

Nitou avance entre les arbres, les genoux fléchis et le nez au ras du sol.

– Tu ne devrais pas t'éloigner autant, lui conseille une chouette. La nuit n'est pas l'amie des enfants.

– Silence ! réclame Nitou. Je suis un guerrier P'titipi et je dois retrouver un ourson égaré !
– Hou, Hou... moi, je sais où il est ! prétend la chouette.

– Parfait ! s'exclame le jeune Indien. Conduis-moi vite auprès de lui !

– Il n'est pas en bonne compagnie, prévient l'oiseau.
– Justement ! Ne perdons pas un instant ! En route ! répond Nitou.

Nitou suit la chouette qui vole devant lui. Il constate que d'autres traces se mélangent à celles de l'ourson… et il entend bientôt d'inquiétants grognements et de lugubres* hurlements.
– Je te l'avais bien dit, répète l'oiseau, il n'est pas en bonne compagnie.

– Les loups… murmure le jeune Indien.
– Ils ont bon appétit, commente la chouette, et ils se préparent à faire un festin de cet ourson imprudent qui n'aurait jamais dû quitter sa caverne !

La forêt devient de plus en plus sombre. Nitou avance sur la pointe de ses mocassins. Au loin, il aperçoit Kalou : celui-ci a trouvé refuge dans un arbre cerné de loups aux crocs luisants ! Le jeune Indien se cache derrière un rocher.
– Ouf ! chuchote-t-il. Ils ne pourront pas l'attraper.
– Détrompe-toi, murmure la chouette en se posant sur son épaule. Les loups sont malins.

L'oiseau a raison. L'ourson, perché sur sa branche, se frotte les yeux. Il est fatigué par sa course, fatigué aussi car il devrait être en train de dormir avec sa maman. Et les loups, rusés, se rassemblent au pied de l'arbre pour chanter en chœur de belles berceuses, de douces chansons afin d'endormir leur proie !

Grâce à la chouette, Nitou a retrouvé l'ourson qui s'est perché en haut d'un arbre, encerclé par des loups affamés.

Chapitre 4

Contre les loups !

« Aouuuuu… ouuuu… ouuuuu ! »

Les loups continuent à fredonner de leur voix la plus charmante. Et les yeux du pauvre Kalou se ferment, se ferment, se ferment…

Ses pattes serrent de moins en moins fort la branche sur laquelle il s'est réfugié.

– Je vais aller prévenir mon père, songe Nitou à mi-voix.

– Tu n'en auras pas le temps, lui signale la chouette en haussant les ailes. Avant que tu reviennes, les loups auront mangé l'ourson.

L'oiseau a raison. Nitou fronce les sourcils et cherche une idée... et il n'est pas long à retrouver le sourire :
– Tu vas aller te poser près de l'ourson !
– Qui ? Moi ? s'affole la chouette.
– Oui ! Et tu hululeras* aussi fort que possible. Comme ça, tu l'empêcheras de s'endormir.
– M... Mais...

– Dépêche-toi ! Sinon, je dirai à sa mère que tu n'as rien fait pour le sauver… et gare à toi ! menace Nitou.
– Bon, d'accord, ronchonne la chouette en s'envolant.

Kalou est sur le point de tomber, emporté par le sommeil. Au pied de l'arbre, les loups ouvrent en grand leur gueule hérissée de crocs pointus... quand :

– Houuuuuu ! Houuuuuu ! hurle la chouette en se posant sur la branche.

L'ourson se réveille immédiatement et s'accroche de justesse à son perchoir.

– Juste à temps ! se réjouit Nitou derrière son rocher. Et maintenant, à moi de jouer !

Les cris de la chouette maintiennent Kalou éveillé ; mais pour combien de temps ?

Chapitre 5

Dans la caverne

Pendant que la chouette tient Kalou éveillé, Nitou part chercher du secours. Le soleil est presque couché. La forêt s'assombrit encore tandis que le petit Indien court entre les arbres.

Nitou arrive bientôt près du totem de neige.
– Si je rentre au camp, on risque de ne pas me croire, songe-t-il. Et puis, le conseil devra se réunir pour décider s'il faut, ou non, envoyer des guerriers sauver un ourson dans la forêt en pleine nuit.

Alors, Nitou continue de suivre les traces de Kalou dans les dernières lueurs du jour. Il remonte la piste dans l'autre sens et, très vite, il aperçoit une caverne.

– C'est d'ici qu'il est parti ! s'écrie joyeusement le petit Indien.

Le cœur battant, il s'approche de l'entrée. À l'intérieur, il fait encore plus sombre que dans la forêt. Et surtout, il y a ce ronflement terrible…

Nitou s'avance avec prudence.

– Madame Ourse, appelle-t-il. Madame Ourse…

Réveiller un ours, c'est déconseillé. Tout le monde le sait ! S'il y a bien quelque chose que l'ours déteste, c'est être dérangé dans son sommeil.

– Madame l'Ou…

– GRRRRRROOOOOOOO !

Une masse énorme bondit soudain sur Nitou. Deux pattes épaisses s'abattent sur les épaules du jeune Indien et le plaquent au sol ! Un museau menaçant apparaît à quelques centimètres de son visage.

– QUI OSE PÉNÉTRER AINSI DANS MA CAVERNE ? gronde l'ourse.

– Ne me tuez pas ! supplie Nitou. Votre fils… votre ourson… il est en danger !

Nitou a retrouvé la caverne où dormait la maman de Kalou mais celle-ci n'apprécie pas d'être réveillée...

Chapitre 6

Kalou s'endort

Les loups sont verts de rage. Comment cette vieille chouette ose-t-elle les priver d'un si bon repas ?
– Heureusement, elle ne va pas chanter longtemps, prédit le chef des loups.

En effet, la chouette, n'est pas habituée à chanter si fort et si longtemps, surtout en plein hiver. Elle tousse et sa voix faiblit, faiblit, faiblit. L'ourson referme les yeux et les loups reprennent aussitôt leur berceuse...

– Houuuuu.... tente en vain la chouette.

– Aouuuuu... ouuuu... ouuuuu , entonnent les loups.

Déjà Kalou vacille*. Vaincu par le sommeil, il est à nouveau sur le point de tomber…

– À l'attaque ! hurle Nitou.

À califourchon sur le dos de l'ourse, il se rue vers les loups. La maman de Kalou a bien fait d'écouter le jeune Indien. Grâce à lui, elle va pouvoir sauver son petit.

– GRRRROOOOOOÔÔÔ ! rugit-elle plus fort que le tonnerre.

En quelques coups de patte, l'ourse, furieuse, disperse les loups gourmands. Ils s'enfuient ventre à terre pour rejoindre les profondeurs de la forêt.

– Pas trop tôt ! proteste la chouette d'une toute petite voix.

– Maman ! s'exclame Kalou en sautant de sa branche.
– Espèce de garnement ! le gronde sa mère. Si Nitou n'était pas venu me chercher, tu ne serais plus de ce monde !
– Et c'est aussi un peu grâce à moi ! signale la chouette.

Kalou baisse le museau :
– Excuse-moi, maman. Je ne recommencerai plus.
– Zut ! Il fait nuit, s'affole Nitou. Je devrais déjà être rentré chez moi ! Mes parents vont s'inquiéter !
– Dans ce cas, reprend l'ourse, c'est à mon tour de t'aider !

Nitou et l'ourse sont arrivés juste à temps pour mettre les loups en fuite et sauver Kalou. Mais Nitou doit rentrer...

Chapitre 7

Retour au camp

Grande-Plume-d'aigle-fier-qui-vole-dans-le-ciel-bleu fronce les sourcils. Il est très en colère.

– La nuit vient de tomber et mon fils n'est toujours pas là !

– Je suis certaine qu'il va arriver, assure Fati. Il voulait seulement aider un ourson…

– Un ourson ? En hiver ? se fâche le chef des P'titipis. Ce sont des histoires à dormir debout !

– Je lui ai conseillé de rentrer, affirme Chogan, mais il ne m'a pas écouté.

Fati et Nawo n'ont pas le temps de protester. Voici qu'une ombre étrange s'approche du camp. Les guerriers saisissent aussitôt leur arc.

– Ne tirez pas ! dit alors une voix.

– C'est Nitou ! s'exclame Fati.

Le jeune Indien apparaît à la lueur des feux qui illuminent le camp, installé sur le dos d'une ourse.

Et il tient un ourson endormi dans les bras !

– Je suis désolé d'être en retard, s'excuse Nitou en descendant de sa monture.

Il confie Kalou à l'ourse et se présente devant son père… tandis qu'une chouette se pose sur sa tête.

– J'ai dû sauver un ourson que les loups allaient dévorer, explique Nitou.

– Ne vous inquiétez pas, grand chef ! ajoute la chouette. J'étais là pour le surveiller !

Tous les Indiens ont les yeux fixés sur Nitou et l'oiseau.
– T... Tu vas me punir, papa ?
– Oui ! Il faut le punir ! réclame Chogan.
Le chef des P'titipis réfléchit un instant et déclare :
– Il y a de mauvaises et de bonnes excuses. Celle-ci me paraît plutôt bonne... à condition que tu nous racontes, en détail bien sûr, toutes tes fabuleuses aventures !
– Avec plaisir ! s'écrie Nitou.
– Bien parlé ! apprécie la chouette.
– Alors, tout le monde dans mon tipi ! lance fièrement le chef. Mon fils va nous expliquer comment il a combattu les loups !

Les protestations de Chogan sont couvertes par les rires de Nawo et Fati. Les Indiens se précipitent vers le tipi du chef car il n'y aura pas de place pour tout le monde… Il n'y aura même pas de place du tout : pendant que les P'titipis discutaient, l'ourse et son petit se sont installés dans le tipi du chef et s'y sont endormis !

– Je crois qu'il vaut mieux ne pas les réveiller, chuchote Nitou.

– Et mon tipi ? se plaint le chef.

– On en reconstruira un autre demain, propose Nitou.

La chouette, qui ne quitte plus le haut de sa tête, pouffe gaiement dans son aile.

Tous les Indiens éclatent alors de rire et se rassemblent autour du grand feu, que même la neige ne parviendra pas à éteindre.

Table des matières

Achevé d'imprimer en janvier 2009,
chez Clerc (France).